야생동물 생태통로

전 세계 야생동물들의 이동권 보호 이야기

캐서린 바 지음 크리스틴 엥겔 그림 유윤한 옮김

안녕로빈

캐서린 바 글
어린이 독자를 위해 과학과 자연에 대해 책을 쓰는 유명한 작가예요.
『생명 이야기』, 『적색 경보: 15가지 멸종 위기 동물』, 『보이지 않는 자연: 감각 너머의 비밀 세계(티치 초등 과학 도서상 수상작)』,
『물: 지구의 생명을 구하려면 물을 깨끗하게 지켜요』 등을 썼어요.
캐서린 바는 많은 정보뿐만 아니라 '약한 사람들을 위한 큰 문제'를 다루는 데 특별한 재능을 가지고 있어요.
리즈 대학교에서 생태학을 공부했고, 그린피스에서 환경 운동가로 일하기도 했지요.
지금은 영국 헤리퍼드셔에 살고 있답니다. 다음 홈페이지를 통해 캐서린 바에 대해 좀 더 자세히 알아보세요.
https://www.catherinebarrbooks.me/about

크리스티안 엥겔 그림
독일에서 자랐고 늘 예술가가 되고 싶어했어요. 대학에서 아동 미술을 전공한 뒤 아동 일러스트레이션 석사 학위를 받았지요.
부드러운 연필, 아크릴, 수채 물감으로 그림을 그리고 디지털 미디어 작업도 한답니다.
캐서린 바가 쓴 『물: 지구의 생명을 구하려면 물을 깨끗하게 지켜요』의 그림도 그렸지요.
어린이들에게 중요한 주제를 진지하지만 흥미롭게 그리기 위해 늘 노력하고 있어요.
최근에 그린 책으로는 『덤프 트럭 디스코』, 『나를 위한 ABC』 시리즈 등이 있어요. 현재 영국 켄트에 살고 있답니다.
다음 홈페이지를 통해 크리스티안 엥겔에 대해 좀 더 자세히 알아보세요.
https://chengel.myportfolio.com

유윤한 옮김
이화여자대학교 과학교육과를 졸업한 뒤 과학을 쉽고 재미있게 알려 주는 번역가이자 작가로 활동하고 있어요. 지은 책으로 『궁금했어, 우주』, 『궁금했어, 인공지능』,
『궁금했어, 뇌과학』, 『프런티어 걸들을 위한 과학자 편지』가 있고, 옮긴 책으로 「안다옹 박사의 과학 탐험대」 시리즈, 『플라스틱이 가득한 지구』, 『마빈의 인체 탐험』,
『수학의 구조 대사전』, 『생활에서 발견하는 재미있는 과학 55』, 『매스히어로와 숫자 도둑』, 『스타메이커』, 『과학의 위대한 순간들』, 『왜 석유가 문제일까?』 등이 있어요.

로빈의 그림책장 2

전 세계 야생동물들의 이동권 보호 이야기
야생동물 생태통로

1판 1쇄 인쇄 2024년 9월 10일
1판 1쇄 발행 2024년 9월 25일

글 캐서린 바 | **그림** 크리스티안 엥겔 | **옮김** 유윤한
편집 임은경 | **디자인** 김수인 | **마케팅** 양경희
펴낸이 전연휘 | **펴낸곳** 안녕로빈 | **출판등록** 2018년 3월 20일(제 2018-000022호)
주소 서울특별시 광진구 아차산로69길 29 1108-206 | **전화** 02 458 7307 | **팩스** 02 6442 7347
전자우편 robinbooks@naver.com | **포스트** post.naver.com/robinbooks | **인스타그램** @childrenbooks_robin

ISBN 979-11-91942-40-8 77490

Wildlife Crossings, Protecting Animal Pathways Around the World

First published in Great Britain in 2024 by Otter-Barry Books
Little Orchard, Burley Gate, Herefordshire, HR1 3QS
www.otterbarrybooks.com

긴팔원숭이에 대한 사랑을 공유한 캐스를 위해,
모험과 우정 – CB
조시를 위해 – CE

생태통로란 무엇일까요?

야생동물은 먹이를 구하고 짝을 찾기 위해 이동해요.
생태통로는 야생동물이 이동할 수 있도록
끊어진 생태계를 연결하는 생명의 길이에요.

그림에 몇 마리의 야생동물이 있는지도 재미있게 찾아 보아요!

차 례

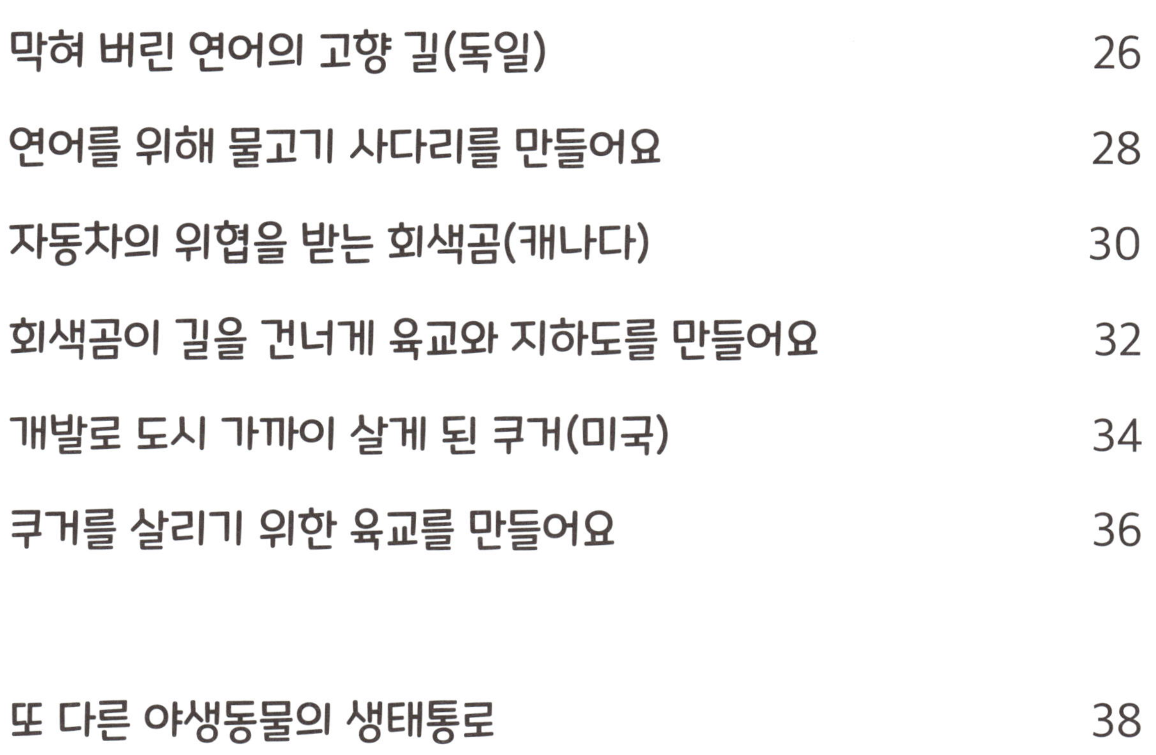

야생동물이 지나가고 있어요
길이 막히거나 끊기지 않게 도와주어야 해요.

지구에는 아주 오래전부터 야생동물이 만든 수많은 길이 있어요.
지금도 870만 종에 이르는 동물들이 이 길을 따라 쉼 없이 오가지요.
먹이와 짝을 찾고, 안전한 곳을 찾아 집을 짓기 위해서예요.

야생동물들은 너른 땅과 바다를 돌아다니며 살아야 해요.
그런데 오랫동안 지나다니던 길이 막히고 끊어져 버렸어요.
사람들이 숲을 파괴하고, 그 자리에 도시와 농장을 세우거나 도로를 깔기 때문이지요.
뿐만 아니라 바다를 가로질러 그물을 치고, 들판을 가로질러 아주 멀리까지
울타리를 치기도 해요.

사람들은 야생동물 서식지를 이동이 불가능하게 바꾸고 있어요.
이동할 수 없게 된 야생동물은 기후 변화로 위험해진 생태 환경에 갇히게 되었어요.
또 야생동물과 사람들의 사는 곳이 겹치면서 둘 사이의 긴장이 흐르게 되었지요.

전 세계 여러 나라에 살고 있는 야생동물들을 만나 보아요.
이 동물들이 어려움에 빠진 이유를 알아보고,
‘생태통로’가 야생동물의 생존에 얼마나 큰 도움이 되는지도 살펴볼 거예요.

사라지는 코끼리 길(인도)

코끼리는 먼 곳까지 돌아다니면서 먹이를 찾아요. 특히 인도코끼리는 물과 먹이를 찾아 너른 숲과 들을 가로질러 다녀요. 계절이 바뀌면, 할머니 코끼리를 중심으로 대가족이 모여요. 비가 내리는 곳으로 떠나기 위해서예요. 코끼리들이 아주 먼 옛날부터 다니던 길을 따라가면 무성한 초록 풀과 싱싱한 새싹을 찾을 수 있어요. 먼 곳에 내린 폭풍우로 생겨난 물웅덩이도 찾을 수 있어요.

코끼리가 살 수 있는 땅이 점점 줄고 있어요. 숲과 들판에 도로가 생기고, 마을과 논밭이 들어서면서 울타리가 쳐졌기 때문이지요. 코끼리가 사는 땅이 여러 조각으로 나뉘고, 다니던 길이 막히게 되었어요. 굶주린 코끼리는 논과 밭을 짓밟으며 농작물을 훔쳐먹어요. 겁에 질린 마을 사람들이 코끼리를 내쫓으면, 코끼리 떼는 도로에 뛰어들어 소란을 일으키다 길을 잃고 말아요.

코끼리 길을 만들어요

코끼리 길은 코끼리들이 사는 곳을 연결해 주어요.
코끼리 가족은 이 길을 따라 방해받지 않고 안전하게 다닐 수 있지요.
할머니의 할머니 코끼리 때부터 다니던 길을 다시 지나가고 있어요.

커다란 코끼리가 다닐 길을 만드는 건 쉽지 않아요.
하지만 과학자들과 마을 사람들은 코끼리가 평화롭게 다닐 수 있도록 노력하고 있어요.
도로에 표지판을 세워 코끼리가 건너가는 길이라고 알려 주지요.
운전자가 미리 조심해야 하니까요.
아이들은 학교에서 길을 잃은 코끼리를 안전하게 보호하는 방법을 배워요.

코끼리 10마리를 찾아보세요!

끊어진 고슴도치 길(영국)

해 질 무렵이 되었어요. 배고픈 고슴도치들이 잠에서 깨어나 먹이를 찾아 기웃거려요. 고슴도치는 곤충과 벌레를 먹고 살지요. 교회 마당을 돌아다니다가 도로로 나오기도 하고, 울타리를 따라 걷다가 정원을 가로지르기도 해요.

하지만 종종 먹이를 찾아 다니는 길이 막히곤 합니다. 울타리나 담벼락이 길을 막기도 하고 자동차 도로가 길을 끊어 놓기도 해요. 먹이를 구할 땅이 좁아지면서 고슴도치 수가 빠르게 줄어들고 있어요.

고슴도치는 하룻밤 동안 십여 개의 정원을 돌아다녀요.
그런데 울타리 같은 방해물이 가로막으면 문제가 생겨요.
먹이, 조용히 쉴 곳, 짝을 찾아 돌아다니질 못하니까요.

정원과 숲에 뿌려진 살충제는 민달팽이와 곤충의 몸속에 쌓여요.
민달팽이와 곤충은 고슴도치가 좋아하는 먹이랍니다.

고슴도치들은 울타리 빈틈에 숨어 지내기를 좋아해요.
하지만 이런 울타리마저 빠르게 사라지고 있어요.

고슴도치 도로를 연결해요

고슴도치 도로는 고슴도치가 살기 좋은 곳을 연결하는 길이에요. 길이 잘 연결되도록 사람들은 정원 울타리에 틈을 만들고, 벽에 구멍도 뚫어요. 가파른 계단엔 고슴도치가 다닐 작은 미끄럼틀을 만들어요. 이곳저곳을 다시 연결해 고슴도치가 잘 돌아다니게 해주기 위해서예요.

영국에는 고슴도치를 돕는 사람들의 모임이 있어요. 바로 '고슴도치 챔피언'이에요. 이 사람들은 영국의 도시와 마을, 학교에서 고슴도치를 살리기 위해 활동해요.

우리는 여러 가지 방법으로 고슴도치를 도울 수 있어요.
정원을 자연과 비슷하게 가꾸면 고슴도치가 쉴 곳이 생겨요.
작은 접시에 물을 담아 두면 고슴도치가 와서 마시지요.

고슴도치를 조심하라는 표지판을 세우면 길을 건너는 고슴도치를
지킬 수 있어요. 인기도 많고 가시도 많은 이 동물은
자동차가 다니지 않는 곳을 좋아해요.
농사를 짓지 않는 들판, 농약을 치지 않는 농장,
빽빽하게 그늘진 울타리 속에 쉴 수 있는 보금자리를 만들지요.

고슴도치 병원은 정원이나 거리에서 발견된
고슴도치를 데려와 돌보는 곳이에요.
몸무게가 많이 모자라거나
다친 고슴도치들이지요.

'고슴도치 챔피언'은 우리 주변에 몇 마리의
고슴도치가 사는지 조사합니다.
고슴도치가 다니는 길에 작은 터널을 만들어 놓고
꾹꾹 찍어 놓은 작은 발자국 수를 세지요.

고슴도치 7마리를 찾아보세요!

철새들의 오염된 습지(동아시아)

아주 멀리 날아가야 하는 물새들에겐 머물 수 있는 장소가 필요해요. 중간에 먹이를 구하고, 쉬어 가야 하니까요. 물새들은 특히 먹이가 풍부한 습지를 좋아해요. 바다를 건너가려면 잘 먹어 두어야 하기 때문이지요. 황해를 둘러싼 갯벌에선 3백만 마리에 이르는 새들이 쉬면서 먹이를 구해요. 황해는 중국과 우리나라 사이에 있는 바다이고, 갯벌은 바닷가 습지를 뜻해요.

넓적부리도요는 '스푸니'라고도 불리는 철새예요. 봄과 가을에 황해 갯벌에 머물다 가지요. 특히 우리나라 서해안 갯벌로 수많은 새들이 찾아와요. 그런데 갯벌이 사라지면서 멸종될 위기에 처했어요. 지금은 바닷가에 사는 새들 중 가장 보기 드문 새가 되었어요.

철새 이동 경로의 중간 지점에 있는 호수도 철새가 쉬어 가기에는 위험할 수 있어요.
사냥꾼들이 그물을 쳐 두곤 하거든요.
최대 2킬로미터까지 뻗은 그물은 잘 보이지 않아 새들이 알아채지 못해요.
매일 수백 마리의 새들이 그물에 걸려 사람들의 먹거리가 되지요.

사라지거나 오염되는 습지뿐 아니라 계속되는 불법 사냥 때문에
넓적부리도요 같은 철새들은 멸종 위기로 내몰리고 있어요.

철새의 이동 길을 지켜 줘요

새를 사랑하는 사람들이 대륙을 넘나들며 철새의 이동 길에 있는 습지들을 보호하고 있어요. 이런 노력에도 넓적부리도요의 수가 빠르게 줄어서, 이제 전 세계에 300여 마리만 남게 되었어요. 지금 이 작은 바닷새는 특별한 보호를 받고 있어요. 과학자들이 북극에 있는 넓적부리도요의 둥지에서 알들을 수집해요. 다른 동물들에게 잡아먹히지 않고 안전한 곳에서 부화시키려는 거예요. 알에서 나온 새끼들은 황해 갯벌에 머물고 있는 넓적부리도요 무리 속으로 돌려보내집니다.

과학자들은 넓적부리도요에게 작은 추적기를 달아요. 새들의 이동 경로를 추적해서 어디에서 어떻게 도와주어야 할지 연구하기 위해서예요.

황해를 둘러싼 일부 해안 습지는 유네스코 세계 문화유산으로 지정되어 보호받고 있어요.
우리나라의 서해안 갯벌도 여기에 들어가요.
이제 이곳에 머물다 가는 철새와 지역 주민들은 세계적인 관심과 보호를 받고 있어요.
과학자들은 철새의 수가 줄어들고 서식지가 망가지는 증거를 모으고 있지요.
철새의 이동 길을 지켜 주고, 바닷가 습지를 보호해야 한다는 사실을 널리 알리기 위해서예요.

긴팔원숭이의 잘려 나간 나무들(중국)

긴팔원숭이는 아시아의 울창한 숲에 살아요. 높이 자란 나무 사이를 건너다니며 땅에는 잘 내려오지 않아요. 그런데 이 원숭이들의 보금자리인 숲이 파괴되고 있어요. 산사태 같은 자연재해 때문만은 아니에요. 사람들이 나무를 잘라 숲을 없애고 있어요. 숲에 도로를 깔거나 논밭을 만들고, 집을 짓기도 해요.
게다가 기후 변화로 큰비가 자주 오면서 산에서 내려온 흙더미가 숲을 덮어 버리지요.

중국 남쪽 하이난 섬에는 한때 2천 마리에 이르는 긴팔원숭이가 살았어요.
하지만 지금은 35마리도 채 남아 있지 않아요. 숲이 빠르게 사라지고 있기 때문이에요.

나무가 잘려 나가서 땅에 내려온 긴팔원숭이들은 위험해요.
땅에서는 커다란 비단뱀이나 들개에게 잡아먹히기도 하고, 사람이 쏜 총에 목숨을 잃기도 하지요.
나무가 잘려 나가면 어쩔 수 없이 멀리 있는 나무로 건너뛰어 보기도 해요.
하지만 애써 용기를 냈는데 땅바닥으로 떨어지고 말지요.
거대한 숲이 파괴되면서 긴팔원숭이 같은 영장류들은 살아남기가 점점 어려워지고 있어요.
영장류는 고릴라, 오랑우탄, 침팬지, 원숭이처럼 사람 닮은 동물을 가리키는 말이에요.

긴팔원숭이가 건너는 밧줄 다리를 놓아요

과학자들은 긴팔원숭이 같은 영장류들을 위해 밧줄을 이어 다리를 만들었어요. 하지만 사람이 설치한 다리가 잘 쓰이려면 시간이 필요해요. 무려 여섯 달이 흐른 뒤에야 긴팔원숭이는 용기를 내 밧줄 다리를 이용하기 시작했어요. 하이난 섬에서는 나무 잘 타는 전문가가 설치한 높은 밧줄 다리가 긴팔원숭이의 보금자리를 이어 주었어요. 멸종 위기에 처한 긴팔원숭이들이 먹이를 찾고 짝을 만나는 데 큰 도움이 되고 있어요.

밧줄 다리는 밧줄과 대나무로 만들어요.
값싼 비용으로 빨리 설치할 수 있어서 긴팔원숭이들에게 큰 도움을 주지요.
사람들은 밧줄 다리 아래에 빠르게 자라는 나무를 심어 다시 숲을 만들려고 해요.

하이난 섬에서도 끊어진 숲들을 연결하기 위해 나무를 새로 심고 있어요.
언젠가는 나무들이 울창한 숲이 되어 거대한 하나의 자연보호 구역이 될 거예요.
그 안에서 긴팔원숭이들은 큰 무리를 이루어 평화롭게 살 거예요.

긴팔원숭이 11마리를 찾아보세요!

막혀 버린 연어의 고향 길(독일)

대서양 연어처럼 몇몇 물고기들은 강에서 태어난 뒤 바다로 헤엄쳐 가요. 놀랍게도 어른이 된 연어는 알을 낳기 위해 강으로 다시 돌아오지요. 그런데 고향을 찾는 연어의 여행길이 곳곳에서 막히고 있어요. 강물을 거슬러 올라가는 길에 댐이 들어섰기 때문이에요. 유럽의 강에만 백만 개가 넘는 댐이 세워졌어요. 대부분의 댐들은 물고기가 알 낳을 곳에 이르지 못하도록 방해하지요.

사람들은 강을 이용하기 위해서 수많은 댐을 세우고 있어요. 댐은 물이 흐르는 힘을 전기로 바꾸고, 강에 큰 배가 다닐 수 있게 해주지요. 하지만 단점도 많아요. 일단 댐이 세워지면 강물의 온도와 양이 달라지고, 물살의 속도가 바뀌어서 물고기가 살기 어려워져요. 또 물고기의 이동을 막아 버리지요. 독일에서도 한때 몇몇 댐들이 연어가 알을 낳으러 오는 길을 막아 버렸어요. 결국 그 댐들이 있는 강에서는 연어가 완전히 사라졌지요.

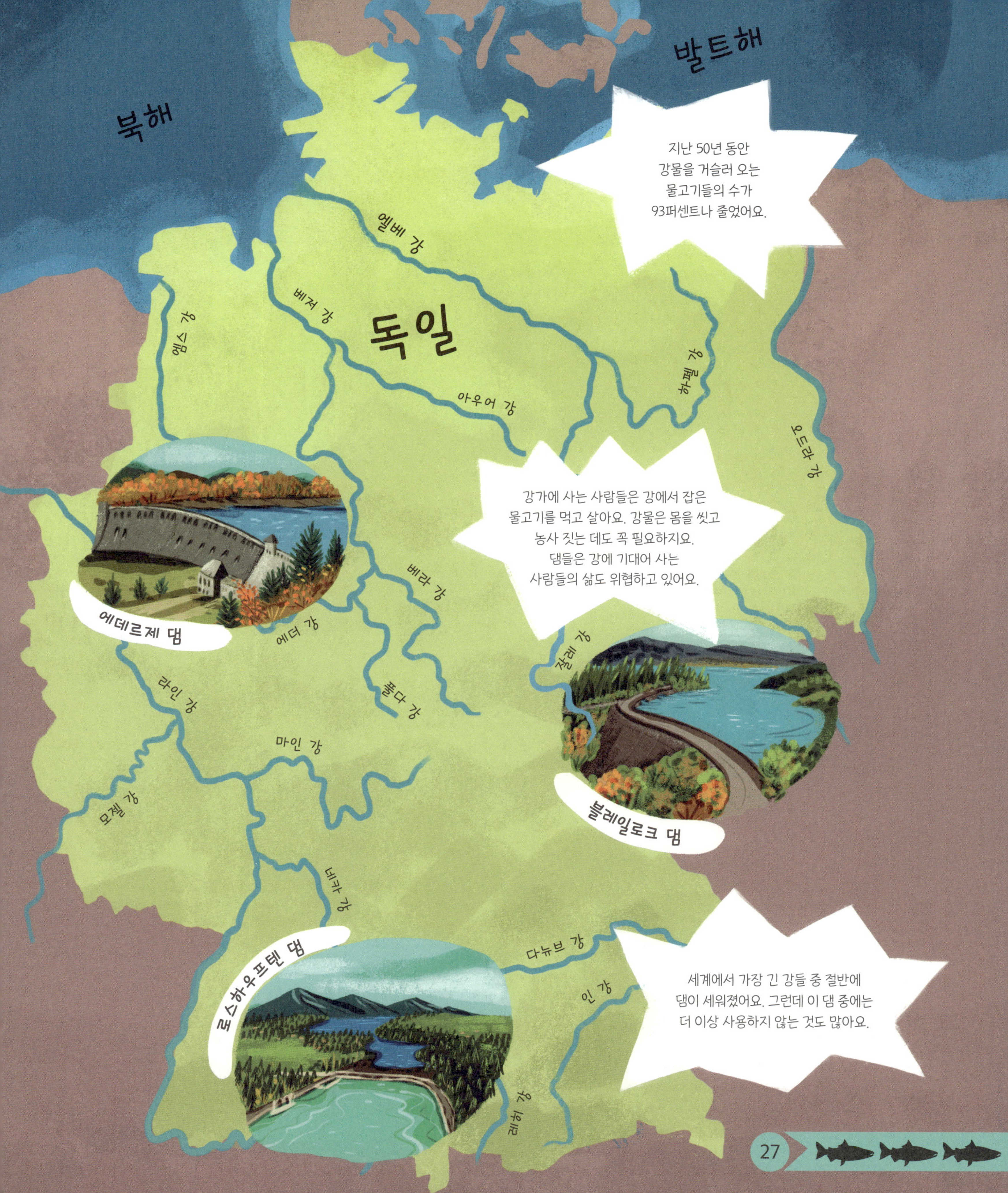

발트해
북해
지난 50년 동안 강물을 거슬러 오는 물고기들의 수가 93퍼센트나 줄었어요.
엘베 강
베저 강
독일
엠스 강
아우어 강
하펠 강
오드라 강
강가에 사는 사람들은 강에서 잡은 물고기를 먹고 살아요. 강물은 몸을 씻고 농사 짓는 데도 꼭 필요하지요. 댐들은 강에 기대어 사는 사람들의 삶도 위협하고 있어요.
에데르제 댐
베라 강
에더 강
잘레 강
풀다 강
라인 강
마인 강
블레일로크 댐
모젤 강
네카 강
로스하우프텐 댐
다뉴브 강
인 강
세계에서 가장 긴 강들 중 절반에 댐이 세워졌어요. 그런데 이 댐 중에는 더 이상 사용하지 않는 것도 많아요.
레히 강

연어를 위해 물고기 사다리를 만들어요

대서양 연어가 알을 낳으려면 강을 거슬러 올라가야 해요. 그런데 독일의 라인강에는 거대한 댐들이 많아서 연어의 길을 막고 있어요. 결국 이 강에선 한때 연어가 멸종했지요. 이 문제를 해결하기 위해 연어가 강을 거슬러 오르도록 도와줄 물고기 사다리가 설치되었어요. 물고기 사다리는 연어가 계단 모양 물길을 따라 헤엄쳐 올라가 산란지에 도착할 수 있도록 도움을 줘요. 덕분에 연어는 고향으로 돌아가 알을 낳을 수 있게 되었어요. 먼 바다에서 얕은 강바닥을 찾아오는 긴 여행에 성공한 것이지요.

연어는 높은 댐을 뛰어넘을 수 없어요. 하지만 모젤 강에 지어진 물고기 사다리를 따라가면 댐 너머 산란지에 도착할 수 있게 돼요.

물고기 사다리는 만드는 비용이 비싸고, 또 강에 사는 모든 물고기가 이용하지는 못해요. 하지만 연어, 철갑상어, 청어 같은 물고기에게는 큰 도움이 되고 있어요.

너무 오래되어 더 이상 쓰지 않는 댐을 없애면 물고기는 돌아올 거예요.
강에 사는 야생동물이 돌아오도록 지금 수천 개에 이르는 댐을 없애는 중이에요.
막힘없이 자유롭게 흐르는 강물은 강 하구와 바닷가로 흙을 운반해서
야생동물의 보금자리를 보호해요.
기후 변화 때문에 심해지는 홍수, 폭풍우, 바닷물 넘침이 사람과 야생동물의
보금자리를 훼손하지 않도록 이 흙이 막아 줄 거예요.
물고기 사다리가 생긴 이후로 연어는 라인강으로 돌아오고 있어요. 라인강은 예전처럼 독일의 대표적인 연어 서식지가 될 거예요.
물고기는 강의 먹이 그물망에서 아주 중요한 역할을 해요. 알과 어린 물고기는 다른 생물들의 좋은 먹이가 되지요. 또 물고기가 다 자라면 새우, 연체동물, 애벌레를 잡아먹어요. 강에서 생태계의 균형을 유지해 주지요.
연어 7마리를 찾아보세요!

자동차의 위협을 받는 회색곰(캐나다)

회색곰은 캐나다 로키 산맥의 숲과 높은 지대의 초원에서 주로 살아요.
이 외딴 자연 속에서 엄마 곰은 새끼 곰을 낳아 키우지요.
새끼 곰은 냄새로 먹이 찾는 법을 엄마 곰에게 배워요.
과즙이 많은 열매와 애벌레는 새끼 곰이 좋아하는 먹이예요.
또 새끼 곰은 길을 건너는 방법도 배워야 해요.
곰이 사는 자연보호 구역엔 위험한 고속도로가 가로지르고 있거든요.

해마다 수백만 명이 고속도로를 이용해 캐나다의 밴프 국립공원을 찾아와요. 우뚝 솟은 높은 산들을 구경하고, 놀라운 야생동물을 관찰하기 위해서지요. 그런데 도로 위를 내달리는 수많은 차들이 동물들을 위험으로 내몰고 있어요. 곰, 무스, 사슴, 퓨마, 긴발가락도롱뇽 같은 동물이 먹이나 짝을 찾으려고 고속도로를 건너다 목숨을 잃기도 해요.

고속도로 양쪽에 울타리를 쳐 두지 않았어요. 회색곰은 주로 이런 곳에서 길을 건너가려고 하지요. 그런데 쉼 없이 달려오는 차 때문에 종종 되돌아가는 곰도 있답니다. 빠르게 달리는 차를 피하려면 용감하고 운이 좋아야 해요.

회색곰이 길을 건너게 육교와 지하도를 만들어요

캐나다에서 가장 긴 고속도로에는 야생동물들을 위한 육교와 지하도가 있어요.
세계 최초로 만들어진 생태통로 중 하나지요. 말코손바닥사슴, 와피티사슴, 늑대, 회색곰은
탁 트인 육교로 다니는 것을 더 좋아해요. 이곳에선 머리 위로 새와 나비가 날아다니는 파란 하늘이 보여요.
흑곰과 퓨마는 고속도로 아래 서늘하고 어두운 지하도로 다니는 걸 더 좋아한대요.

과학자들은 야생동물들에게 추적기를 달아 어디에 있는지 알아내요. 이 추적기는 인공위성과 연결되어 아주 멀리 이동하는 것도 놓치지 않아요. 또 동물이 남긴 흔적을 관찰하거나 동물들이 다니는 길에 카메라를 숨겨 두기도 해요. 어떤 동물이 언제 어디로 이동했는지 정확히 알아내기 위해서예요. 벤프 국립공원에 있는 44개의 육교와 지하도를 관찰한 결과, 작은 곤충에서 곰에 이르기까지 수십만 마리의 동물이 육교와 지하도로 안전하게 다닌다는 사실이 드러났어요.

개발로 도시 가까이 살게 된 쿠거(미국)

인구가 늘어 도시가 커지자 사람이 사는 곳과 몇몇 큰 고양잇과 동물이 사는 곳과 가까워졌어요. 심지어 인도의 뭄바이와 미국의 로스엔젤레스 같은 대도시에도 큰 육식 동물이 나타나곤 하지요. 로스앤젤레스의 할리우드 언덕 위 유명한 표지판 아래에 쿠거가 나타났어요. 이 쿠거는 낮 동안 사람들의 눈을 피해 숨어 지내고, 밤에는 사냥을 했어요. 퓨마라고도 불리는 쿠거들은 지금 미국 캘리포니아 주 곳곳을 돌아다니며 지내고 있어요.

화려한 도시 로스앤젤레스 가까이에는 산타모니카 산맥 국립 휴양지가 있어요. 복잡한 고속도로들이 이곳을 지나게 되면서 야생동물들은 커다란 위기를 맞이했어요. 먹이와 짝을 찾기 위해 차들이 달리는 고속도로를 건너야 했고, 대부분 사고를 당했지요. 그런데 한 쿠거는 수많은 트럭과 자동차들을 피해 10차선 고속도로를 두 개나 건너는 데 성공했어요. 국립공원 관리인들은 이 위험한 도전으로 유명해진 쿠거에게 P-22라는 이름을 붙여 주었어요

국립공원 관리인들은 곳곳에 카메라를 놓아두고, 야생동물들을 관찰해요. 카메라에 찍힌 사진 수천 장을 조사해 쿠거가 어디를 어떻게 지나가는지를 알아내지요.

카메라 사진뿐만 아니라 위치 추적기도 야생동물의 이동을 알아내는 데 도움이 된답니다. 야생동물들이 다니는 곳과 건너려는 도로를 지도로 그려낼 수 있게 해주지요.

쿠거를 살리기 위한 육교를 만들어요

과학자들은 쿠거 목에 위치 추적기를 달아 주었어요.
어디로 움직이는지 알아내 안전을 지켜 주기 위해서예요.
하지만 쿠거 P-22는 이 기계를 달기도 전에 101번과 405번 고속도로를 무사히 건너갔어요.
쿠거가 남긴 유전자 흔적을 검사하던 과학자들이 이 사실을 알아냈지요.
쿠거 P-22가 위험하고 혼잡한 고속도로를 두 개나 건넜다는 사실은 많은 사람을 놀라게 했어요.
이 일을 계기로 사람들은 뜻을 모아 산타모니카 산맥 국립 휴양지에 야생동물 육교를 만들기 시작했지요.

미국 캘리포니아 주의 월리스 아넨버그 육교는 세계에서 가장 큰 생태통로가 될 거예요.
야생동물들이 이곳을 지나면, 101번 고속도로를 무사히 건너 복잡한 도시 가까이에 갈 수 있어요.
짝과 먹이를 찾기 위해 아주 너른 공간을 돌아다닐 수 있게 된 것이지요.
코요테, 스컹크, 사슴, 너구리, 도마뱀, 흑곰 같은 동물들이 이곳을 지나다닐 거예요.
이 동물들은 사람과 가끔 마주치더라도 함께 살아갈 수밖에 없어요.

또 다른 야생동물들의 생태통로

오소리의 생태 다리(네덜란드)

네덜란드의 잔데리 크라일로 육교는 드넓은 숲들을 이어 줘요.
사슴과 오소리 외에도 여러 야생동물들이 이곳을 지나다니지요.
야생동물 고속도로라고 불리는 이 육교는 철길, 스포츠 단지,
복잡한 자동차 도로 위로 길게 이어져요.
지금까지 알려진 세계에서 가장 긴 생태통로랍니다.
2006년에 세워진 이 거대한 구조물은 폭 50m,
길이 800m로 철로, 상업 단지, 도로, 스포츠 단지를
아우릅니다.

도시 정원과 꿀벌(노르웨이)

노르웨이 오슬로 시에선 창문턱에 꽃 화분을 내놓은 집이 많아요.
옥상에 정원을 가꾸거나 마당에 텃밭을 꾸민 집도 많지요.
꿀벌이 도시를 날아다니며 먹이를 구할 수 있도록
사람들이 애쓴 결과예요. 학교들도 이 일에 참여하고 있어요.
그 결과 도시의 굶주린 벌들이 꽃들 사이를 날며 먹이를 구하고,
꽃가루를 전하는 꿀벌 고속도로가 생겼답니다.

붉은게의 생태 다리(크리스마스섬)

인도양의 크리스마스섬은 10월 경부터 비가 많이 오기 시작해요. 이때가 되면 수천만 마리에 이르는 붉은게가 숲에서 기어 나와 바다로 떠나지요. 짝짓기를 하고 알을 낳기 위해서예요. 사람들은 붉은게가 오르내릴 수 있는 육교를 도로 위에 만들어 주었어요. 덕분에 붉은게는 차에 치이지 않고 도로를 건널 수 있게 되었지요. 바다에 도착한 붉은게는 많으면 10만 개까지 알을 낳는다고 해요! 섬 주민들은 붉은게 무리가 무사히 해변에 당도할 때까지 길을 열어 줘요. 호주 정부도 붉은게 보호를 위해 도로 곳곳을 막아요.

코끼리의 지하 생태 도로(케냐)

케냐의 아프리카코끼리 가족이 지하도를 지나고 있어요. 머리 위 고속도로에선 트럭이 내달리지만 지하도는 안전해요. 케냐 고산 지대에 사는 2,000여 마리 코끼리들은 이 지하도를 통해 아래쪽 숲으로 내려와요. 먹이와 짝을 찾기 위해서랍니다.

재규어의 생태 길(중남미 대륙)

자연을 사랑하고 환경을 보전하려는 사람들이 야심 찬 계획을 세우고 있어요. 중남미 대륙을 돌아다니며 살아온 재규어를 위해 생태통로를 만들기로 했지요. 재규어 같은 큰 고양잇과 동물이 살아가려면 아주 너른 공간이 필요해요. 그런데 오늘날 중남미에서 재규어는 도로가 지나가며 열다섯 곳으로 나뉜 좁은 지역에 머물고 있어요. 앞으로 재규어 길이 완성되면 열대 습지와 울창한 숲이 다시 이어져 자유롭게 돌아다니게 될 거예요.

천산갑의 생태 다리(싱가포르)

싱가포르에는 야생동물 육교인 에코링크 부킷티마가 있어요. 비늘 달린 포유류인 순다천산갑은 이 육교를 통해 자연 보호 구역 사이를 안전하게 돌아다니고 있지요. 멸종 위기에 처한 이 동물은 충분한 먹이와 짝, 그리고 보금자리를 찾아 자동차 도로를 위험하게 건넌 적도 있어요. 하지만 이제는 새, 원숭이와 함께 나무와 풀이 무성하게 자라는 야생동물 육교로 다니는 것을 더 좋아해요.

호랑이의 생태 길(인도)

인도의 펜치 호랑이 보호 구역에선 고가도로처럼 높게 자리잡은 고속도로가 보여요.
나무 위쪽까지 올라간 이 고속도로 아래엔 호랑이가 다니는 생태통로가 있지요.
지금은 들개, 들소, 고슴도치 등도 이 길을 이용해 안전하게 고속도로 너머로 가고 있어요.
곳곳에 쳐진 특별한 울타리가 주변 야생동물들을 이 생태통로로 이끌어 안전하게 이동하도록 도와준답니다.